¡Vivan los Reyes Magos!

Por LORI MARIE CARLSON

Ilustraciones de ED MARTINEZ

Traducción de TERESA MLAWER

LECTORUM
PUBLICATIONS, INC.
555 BROADWAY, NEW YORK, NY 10012-3919

Para Sarah y Trevor Demaske,
y para Rosemary Brosnan,
cuyo espíritu hace que el mes de enero sea más grato
—L.M.C.

Para mis hijos, Oliver y Gabriella
—E.M.

Las ilustraciones a todo color son pinturas al óleo.
El tipo de letra es Phaistos Roman, a 15 puntos.
El libro fue diseñado por Christy Hale.

Spanish translation copyright © 2000 by Lectorum Publications, Inc.
Originally published in English under the title
HURRAY FOR THREE KINGS DAY!
Text copyright © 1999 by Lori Marie Carlson
Illustrations copyright © 1999 by Ed Martínez

ISBN 1-880507-74-9

Printed in the United States.

10 9 8 7 6 5 4 3 2 1

Library of Congress Cataloging-in-Publication Data
Carlson, Lori M.
          [Hurray for Three Kings Day. Spanish]
          ¡Vivan los Reyes Magos! / por Lori Marie Carlson ; ilustraciones de Ed Martínez ;
          traducción de Teresa Mlawer.
                    p. cm.
          Summary: A Hispanic family enjoys the traditional celebration of El Día de los Reyes, or Epiphany,
by reenacting the long walk of the three wise men bringing gifts to baby Jesus.
          ISBN 1-880507-74-9
          [1.Epiphany--Fiction. 2. Hispanic Americans--Fiction. 3. Spanish language materials.]
I. Martínez, Ed, ill. II. Mlawer, Teresa. III. Title.

          [PZ73.C3713 2000]
          [E]--dc21   00-056347

NOTA DE LA AUTORA

Cuando la querida y recordada bibliotecaria puertorriqueña, Pura Belpré, comenzó a organizar actividades para los niños hispanoparlantes de Nueva York, en los años 1940-1950, decidió dar especial importancia al Día de Reyes, porque sabía que éste es un día muy especial y querido por todos los latinoamericanos. Para conmemorar esta fiesta, escribió un libro ilustrado acerca de los Reyes Magos. Hoy, el Día de Reyes continúa siendo una fiesta muy importante para los latinos que viven en Los Angeles, Nueva York, Chicago, Miami, Albuquerque, Rochester y otras ciudades de Estados Unidos.

El Día de Reyes comienza la noche del 5 de enero. Por la mañana los niños se despiertan muy temprano con la ilusión de ver los regalos que les han dejado los Reyes. La fiesta culmina con una cena familiar y con el postre tradicional, la rosca de Reyes.

La fiesta del Día de Reyes varía de una comunidad a otra. En Venezuela, por ejemplo, los niños colocan los zapatos al lado de la cama y por la mañana los encuentran llenos de regalos. También cantan villancicos. Los niños de Puerto Rico colocan hierba en una caja y agua en un recipiente para dar de comer a los cansados camellos de los Reyes. Las familias mexicanas comen la tradicional rosca de Reyes. La persona a la que le toque la figurita de cerámica o de plástico que se esconde en el interior del bizcocho, será elegida rey.

He tratado de incluir en este libro las costumbres de diferentes comunidades, no sólo porque son interesantes, sino para que conozcamos otras ricas tradiciones de nuestros países hermanos.

Después de Navidad y Año Nuevo, viene la Epifanía o el Día de Reyes. La noche del cinco de enero, Tito y Tomás, mis hermanos mayores, y yo salimos a la calle a celebrar la llegada de los Reyes Magos.

Tito y Tomás van delante. Protestan porque yo voy muy despacio.

—¡Date prisa, Anita, por favor!

—¿No ven que no puedo ir más rápido? —les respondo.

Nos unimos a la procesión de nuestro barrio. Vamos vestidos con ropa de vivos colores. Somos los reyes que vieron la estrella de Belén: Melchor, Gaspar y Baltasar, llamados también los Tres Sabios o los Reyes Magos.

Llevamos regalos que representan oro, incienso y mirra.
Regalos que los Reyes ofrecieron al Niño.

Es divertido imaginarse que las especias de la cocina de mamá, como el azafrán o el espliego, son regalos muy valiosos. Me encanta el olor a menta. Pienso en lo bonito que sería hacer un ramillete con estas hierbas de color verde brillante.

Durante el recorrido visitamos a los amigos y familiares para conmemorar el viaje que hicieron los Reyes Magos siguiendo una estrella. Una estrella muy brillante que surgió en el cielo y que debía conducirles hasta el lugar donde acababa de nacer un niño muy especial.

Llegamos a casa de la señora Rosa y llamamos a la puerta.

—¿Ha nacido el Niño en este lugar? —preguntamos.

La señora Rosa, que lleva un turbante plateado, niega con la cabeza.

—No, hijos míos, no —nos responde.

Continuamos nuestro recorrido, pero tengo que detenerme porque me duelen mucho los pies. Además uno de los zapatos me ha hecho una ampolla.

La siguiente parada es en casa de Antonio. El pobre no oye muy bien y tenemos que llamar con fuerza para que nos abra la puerta.

—¿Es aquí donde ha nacido el Niño? —preguntamos sonrientes.

Se ajusta el audífono y repetimos la pregunta.

—Lo siento, queridos niños, pero no es aquí —contesta.

Estoy tan cansada que tengo que sentarme un rato
en el borde de la acera.

—Pareces un bebé —me dice Tito, enojado.

Yo prefiero no contestarle.

Me animo al pensar que ahora vamos a casa de Pepe el panadero.

Tan pronto como Pepe abre la puerta, nos llega el rico olor a galletitas recién horneadas y el olor a canela y naranja del ponche de Navidad.

—El Niño no está aquí, pero tomen unos dulces. Coman todo lo que quieran.

Y nos ofrece una bandeja llena de galletitas en forma de cerditos.
Tito y Tomás deciden que es hora de volver a casa. Quieren
ayudar a papá con los preparativos.

Al llegar a casa, mamá me abraza cariñosamente.

—Quítate los zapatos, corazón —me dice.

Me siento en el suelo para quitarme los zapatos. Y, como todos los años, los coloco al lado de mi cama para que los Reyes me dejen regalos. Al lado de los zapatos dejo una caja con hierba, flores y heno y un recipiente con agua

para que los camellos puedan comer y beber.

Mis dos hermanos no paran de reírse.

—¿Cómo van a entrar los camellos en casa? —me dicen
burlonamente.

Pero yo *sé* que vendrán.

—Buenas noches, hijita —me dice mamá, dándome un beso.
Y papá me lleva a la cama.

Estoy deseando que llegue mañana, seis de enero, el día más esperado de todo el año. El día de los regalos. Estoy tan nerviosa que aunque quiero dormirme para que la noche pase volando, no puedo.

Nada más abrir los ojos, veo muchos regalos: tres marionetas, una
piñata en forma de caballo y, al pie de mi cama, varias cajas envueltas en
papel de color rojo brillante.

También hay un papelito que dice que en algún lugar de la casa,
quizás en la sala, hay un regalo muy especial. Bajo corriendo a buscarlo.

¡Es una casa de muñecas de color lila! ¡Hasta tiene una pequeña mecedora
y todo! Tomás sale a la calle para montar en su reluciente bicicleta.
Tito se apresura a armar las vías de su nuevo tren.

Jugamos todo el día hasta que llega la hora de cenar. Las estrellas centellean como si nos hicieran un guiño. Una estrella fugaz aparece en el cielo.

Nos sentamos a la mesa a comer los platos típicos
—albóndigas, papas y pavo— que mis papás, mis tíos

y mi abuela han preparado para esta cena tan especial.

Por fin, traen la rosca de Reyes, dulce y deliciosa. Y aún hay más: chocolate, piña, atoles y piñones. Comemos hasta que no podemos más.

A cada uno de nosotros nos toca un trozo grande de rosca.
Aguantamos la respiración hasta ver a quién le toca la figurita que
mamá ha escondido en la masa antes de hornearla.

—Quien encuentre la figurita, tendrá una sorpresa —dice papá—,
como la que tuvieron los Reyes Magos al llegar a Belén, después de su
largo viaje desde Oriente. Porque tenían fe.

El corazón me late con fuerza mientras aparto los pedacitos de limón
y de piña. Con el dedo raspo el dulce merengue. ¡Mmm, qué rico!

Saboreo con deleite el bizcocho, el merengue y las cerezas y,
de repente, noto algo duro en la boca. Seguro que es un trozo de nuez.
Pero, ¡no, no es una nuez! ¡Es la figurita!

—¡Soy el rey! ¡Soy el rey! —grito emocionada—. Bueno, mejor
dicho, ¡la reina! —digo con orgullo a mis hermanos.